9 Juin 1902

99P

COLLECTION DU CHATEAU DE C...

TABLEAUX ET PASTELS

Dessins, Gouaches, Gravures

DU XVIIIe SIÈCLE

SCULPTURES

OBJETS D'ART & D'AMEUBLEMENT

des Époques Louis XIV, Louis XV et Louis XVI

Me F. LAIR DUBREUIL

COMMISSAIRE-PRISEUR

M. ARTHUR BLOCHE

EXPERT

MÉNARD & CHAUFOUR 8 & 10, RUE MILTON
PARIS

CATALOGUE

DE LA

COLLECTION DU CHATEAU DE C...

TABLEAUX & PASTELS

DESSINS, GOUACHES, GRAVURES

de l'École Française

DU XVIIIe SIÈCLE

OBJETS D'ART ET D'AMEUBLEMENT

Argenterie, Bronzes, Porcelaines

GROUPES IMPORTANTS EN TERRE CUITE

DES ÉPOQUES LOUIS XIV, LOUIS XV ET LOUIS XVI

Grand lit et lit de repos, Sièges, Tables, Encoignures, Commodes
Bibliothèque, Bel ameublement de billard du Ier Empire

Clavecin d'Erard 1797

BEAU TAPIS D'ORIENT, TENTURES

dont la vente aura lieu

HOTEL DROUOT — SALLES N°s 9 & 10

Les LUNDI 9 et MARDI 10 JUIN 1902

A 2 HEURES 1/4

Me F. LAIR DUBREUIL
COMMISSAIRE-PRISEUR
Successeur de Me DUCHESNE
6, Rue de Hanovre

M. Arthur BLOCHE
EXPERT
PRÈS LA COUR D'APPEL
28, Rue de Châteaudun

CHEZ LESQUELS ON TROUVE LE PRÉSENT CATALOGUE

EXPOSITIONS

PARTICULIÈRE
Le Samedi 7 Juin 1902
de 2 h. à 6 h.

PUBLIQUE
Le Dimanche 8 Juin 1902
de 1 h. 1/2 à 5 h. 1/2

CONDITIONS DE LA VENTE

Elle sera faite au comptant.

Les acquéreurs paieront *dix pour cent* en sus des adjudications.

L'Exposition permettant au public de se rendre compte de l'état et de la nature des objets, il ne sera admis aucune réclamation, une fois l'adjudication prononcée.

DÉSIGNATION

TABLEAUX

PEINTURES DÉCORATIVES

L'ALBANE (Attribué à)

1-2 — *Bacchanales d'enfants.*

Compositions de nombreuses figures dans des paysages avec vues de temples et de monuments.
Deux pendants.
Toiles.

LE BARBIER

3 — *L'Invocation.*

Au pied d'un autel une jeune femme vêtue à la grecque et assise, semble questionner une vestale debout qui tient dans ses mains un coffret. Une aiguière d'or, des bûches de bois sont éparses autour d'elle.
Bois. Signé à droite.
Cadre bois doré ancien.

BOUCHER

4 — *Vénus et les Amours.*

La Déesse de la Beauté est couchée tandis que trois amours la lutinent.
Esquisse
Toile.

DREUX (Alfred de)

5 — *Amazone Louis XV.*

Signé à droite.

LEMOINE

6 — *Diane et ses nymphes surprises par un faune.*

Très beau dessus de porte.
Cadre en bois sculpté et doré à rocailles sur fond vert.

LEPRINCE (Ecole de)

7 — *Grande Dame et Oriental jouant avec un chien.*

Dessus de porte.
Encadrement à rocailles bois sculpté et doré Louis XV.

PERRIN

8 — *Portrait de jeune femme.*

De profil tournant la tête de face, en robe grise, avec fichu blanc.
Toile, petit tableau.

PRUD'HON (Attribué à)

9 — *Joseph et Mme Putiphar.*

Bois.
Cadre bois doré ancien.

TRINQUESSE

10-11 — *Portraits de grandes Dames.*

Représentées à mi-corps, en élégants costumes d'apparat, robes de velours et de brocart avec manteaux de cour amplement drapés, corsages décolletés.
Deux pendants.
Toiles.
Cadres à rocailles fleuronnées en bois sculpté et doré.

ECOLE ANGLAISE

12 — *Portrait de jeune fille.*

Représentée en buste regardant presque de face, les cheveux poudrés avec ruban bleu, fichu négligemment noué autour du cou.

Toile ovale.

ÉCOLE DU Ier EMPIRE

13 — *Portrait du Roi Murat et de la Reine.*

14 — *Portrait de la Princesse, sœur de l'Empereur.*

Deux pendants.

Toile.

Cadres du Ier Empire.

ÉCOLE FRANÇAISE XVIIIe SIÈCLE

15 — *Portrait de Mgr le comte d'Artois.*

Debout, donnant de la main droite un ordre ou une indication.

Charmant petit tableau ovale dans un cadre à ses armes avec guirlande de laurier et cartouche à trophée de drapeaux.

16 — *Portrait du maréchal Jean-Baptiste Donatien de Vimeux, comte de Rochambeau.*

Représenté à mi-corps en costume de commandement.

Cadre à guirlandes de lauriers avec cartouche à trophée de drapeaux sur lequel on lit : De la victoire il es le constant favori.

Pendant du précédent.

17 — *Le Concert.*

Cinq enfants dans un parc sont assis et jouent de différents instruments.

Toile. Dessus de porte.

Dans un bel encadrement en bois sculpté à rocailles rehaussées d'or Louis XV.

CIMA (J.-B.) dit IL CONEGLIANO XVIe SIÈCLE

18 — *La Sainte Famille.*

La Vierge est assise, habillée d'une robe rouge avec bordures de cou et de poignets finement brodée d'or, un long voile bleu également brodé enveloppant la tête et tombant sur sa robe, elle tient sur ses genoux son divin enfant. A droite se tient debout un Saint à longue barbe blanche, à gauche un autre Saint tenant à la main un bâton pestoral avec banderole sur laquelle on lit. ECCE AGNUS DEI.

Œuvre intéressante.

Bois.

Cadre ancien en bois sculpté et doré.

PASTELS

LATOUR (École de)

19 — *Portrait de jeune dame de la Cour.*

Représentée en buste, la tête légèrement tournée vers la droite, cheveux à la poudre avec boucle ondulant sur l'épaule, corsage blanc bleuté bordé d'une guimpe.

Joli pastel.

Cadre bois sculpté et doré à nœud de rubans.

20 — *Portrait de jeune dame de la Cour.*

Représentée en buste la tête légèrement tournée vers la gauche, cheveux à la poudre, corsage bleu pâle broché à fleurs, bordé de fourrure.

Joli pastel.

Cadre bois sculpté et doré à nœud de rubans.

(Pendant du précédent.)

PERRONEAU (Attribué à)

21 — *Portrait de gentilhomme.*

Représenté presque de face, la main droite passée à demi dans son gilet richement brodé d'or avec jabot de dentelle, habit gris bleuté, perruque à la poudre.

Beau pastel.

Cadre bois sculpté et doré. Style Louis XV.

22 — *Portrait de grande dame.*

En robe blanche gracieusement drapée, regardant à gauche, parée de perles. Coiffure à la poudre avec voile de gaze.

Joli pastel.

Cadre en bois sculpté et doré. Style Louis XV.

Pendant du précédent.

ECOLE FRANÇAISE XVIIIe SIÈCLE

23 — *Portrait de jeune dame de l'époque.*

La tête légèrement inclinée, coiffée à la poudre, avec boucles tombant sur les épaules, en robe blanche et draperie bleue.

Pastel.

Cadre bois doré ancien avec fronton à coquille.

24 — *Portrait de jeune femme.*

Presque de face, la tête tournée vers la droite, corsage décolleté avec nœud de rubans.

Pastel.

Cadre bois doré Louis XVI.

DESSINS, GOUACHES

ANISSON-DUPERRON (Mme)

25 — *Portraits de jeunes Dames de la Cour.*

Deux beaux dessins ovales.
Cadres bois doré à nœuds de rubans.

APPIANI (A)

26 — *Napoléon Ier présentant le Roi de Rome sur les Fonts Baptismaux.*

Petit dessin intéressant.
Signé à droite.

BOUCHER (François)

27 — *Tête de jeune fille.*

Regardant vers la gauche dans une expressiou de chaste curiosité, sa jolie chevelure est ornée d'une rose, son corsage coquettement décolleté.
Beau dessin rehaussé de blanc.
Signé à gauche.
Cadre bois doré à nœud de ruban.

28 — *Jeune femme à la colombe.*

Joli Dessin rehaussé de sanguine a été gravé par Thornley.

BOUCHER (attribué à F.)

29 — *Près de la Ferme.*

Des enfants sont assis par terre et s'amusent avec leu grande sœur. Une paysanne arrive portant un panier suivie de ses brebis.
Beau dessin rehaussé de couleur.
Cadre bois doré Louis XVI.

30 — *Le Génie sommeillant veillé par les Amours.*

Beau dessin à la sanguine.
Cadre bois doré forme cintrée.

DAVID (Louis)

31 — *Le Trône de Napoléon Ier.*

De face et de profil.
Dessin rehaussé de couleur.
Signé.
Cadre au chiffre de l'Empereur.

DAVID

32 — *La République.*

Trois dessins et aquarelle.
Signés et datés DAVID AN 93 ET L'AN I.
Dans un même cadre en acajou.

DELAFOSSE

33 — *Trophée d'Instruments de musique.*

Beau dessin.
Signé.
Cadre bois doré Louis XVI.

DESFRICHES

34 — *Le Bac.*

Petit dessin.
Cadre doré.

DEVERIA

35 — *Portrait de Jean-Baptiste Rousseau.*

Dessin.
Signé et daté 1825.

FRAGONARD (Alexandre)

36 — *Les Amants surpris.*

37 — *La Correction méritée.*

Deux dessins.

On lit dans le cartouche : « Dessins provenant des cartons d'Alexandre Fragonard.

Cadre bois sculpté et doré de l'époque Louis XVI.

FRAGONARD

38 — *Le Baiser de l'amour.*

Charmant dessin rehaussé de rouge et de noir.
Médaillon rond.
Cadre bois doré à nœud de ruban.

FRAGONARD (attribué à Honoré)

39 — *Chevaux en marche.*

Deux dessins.
Dans le cartouche on lit : Honoré Fragonard.
Voyage en Italie avec l'abbé de Saint-Non 1756-1761.
Cadre en bois doré Louis XVI.

GREUZE

40 — *Tête de femme.*

Tournée vers la droite de trois quarts, front découvert, chignon natté.
Beau dessin à la sanguine.
Signé Greuze F. Roma 1756
Cadre bois doré.

HUET (J. B.)

41 — *Le troupeau.*

Une jeune paysanne et son amoureux derrière un arbre regardent un berger courant au milieu de ses bœufs, de ses moutons précédé par son chien à travers un paysage accidenté.
Beau dessin.
Signé.
Cadre bois doré Louis XVI.

42 — *Les Divertissements champêtres.*

Gracieuse composition de dix personnages.
Très beau dessin rehaussé de sanguine.
Signé à droite daté 1788.
Cadre bois doré à nœud de rubans Louis XVI.

HUET (attribué à J. B.)

43 — *Sur la Route.*

Une paysanne sur son âne demande un renseignement à une autre qui file.

Dessin.

Cadre doré.

ISABEY (J.)

44 — *Devant le tombeau du Malheureux Jules* (Léonie de Montbruise).

On lit : « Il me serra contre son cœur..... et dit en me montrant le tombeau : que l'exemple de sa mort te sauve au moins de son supplice. »

Petit dessin signé à droite, daté à gauche 1823.

Cadre de style Ier Empire.

45 — *Deux chasseurs sous bois.*

Dessin.

Signé à droite.

Cadre bois doré ancien.

MONGIN

46 — *Personnages se promenant ou dessinant dans un parc.*

En perspective, un lac, un temple, une pyramide, à droite, une fontaine architecturale où est inscrit le nom du peintre et la date 1792.

Gouache.

Cadre bois doré Louis XVI.

MOREAU (LE JEUNE)

47 — *Allégorie à la guerre, la Renommée et la Victoire.*

Dessin.

Cadre doré.

NAUDEZ

48 — *Portrait d'homme.*

En costume de l'époque.
Dessin.
Cadre bois doré ancien.

OZANNE (N.)

49 — *Le Départ.*

Au bord de la mer une jeune femme entourée d'autres personnages semble profondément touchée du départ d'êtres aimés qu'emporte un grand bâtiment gagnant le large. Dans des embarcations chargées de monde on s'agite en signe d'adieu. Encadrement à ornements.
Dessin très fin rehaussé de couleur.
Cadre bois doré ancien.

PORTAIL

50 — *Tête de jeune femme.*

Le cou enveloppé d'une ruche.
Dessin rehaussé de couleur.
Joli cadre bois sculpté et doré à couronnes et guirlandes Louis XVI.

PRUD'HON

51 — *Portrait de dame.*

A mi-corps, de profil, la tête tournée presque de face, en robe bouillonnée, ruche autour du cou, coiffure à la Marie-Louise.
Très beau dessin.
Cadre doré.

PRUD'HON (Attr. à)

52 — *Vénus pèse l'Amour.*

Dessin.
Cadre doré.

QUEVERDO

53 — *Les Amants épiés.*

Pendant qu'un jeune galant échange des baisers sur les lèvres de son amante qu'il tient dans ses bras, renversée au pied d'un arbre, à travers des branchages, à droite, la petite fermière les observe.

Dessin et gouache.

Cadre bois doré écoinçons à coquilles.

SAINT-AUBIN

54 — *Portrait de grande dame.*

En buste, tournée de trois quarts vers la droite, corsage décolleté, coiffure haute à marteaux.

Dessin rehaussé de couleur.

Joli cadre bois sculpté et doré à couronne et guirlandes Louis XVI.

SÈVES (DE)

55 — *Enfants et animaux.*

Singes tenant des guirlandes de fleurs et enfants regardant des animaux de toutes espèces au milieu d'ornements à rocailles et lambrequins.

Deux dessins dans un même cadre.

Signés.

Gravés par J. Leroy.

VAN BLARENBERGHE (attribué à)

56 — *Environs de Marseille.*

Animés de personnages.

Dessin.

57 — *Bords de lac.*

Dessin.

VAN HUYSUM

58 — *Paysage avec figures.*

Dessin.

WATTEAU (attribué à)

59 — *Portrait de jeune fille.*

De profil, en buste, corsage orné de ruches et de rubans coiffure chiffonnée.

Très joli dessin rehaussé de bleu, de rouge et de rose.

Cadre bois sculpté et doré à coquilles.

ECOLE FRANÇAISE XVIIIe SIÈCLE

60 — *Portrait de grande dame.*

Représentée en buste de face.

61 — *Portrait de gentilhomme.*

Représenté de profil.

Avec inscription : De Lorraine, fecit 1798.

Deux dessins.

Cadres bois doré, Louis XVI, avec guirlandes de lauriers tombant en chutes.

ECOLE FRANÇAISE XVIIe SIÈCLE

62 — *La Présentation d'un chevalier à un évêque.*

Composition de nombreuses figures.

Dessin à la sanguine.

ECOLE FRANÇAISE XVIIIe SIÈCLE

63 — *Tente d'un officier.*

Avec écusson et monuments dans un paysage.

Dessin.

64 — *Bords de la mer aux environs de Marseille.*

Animés de personnages.

Dessin rehaussé de gouache.

65 — *Un Sacrifice près de Ruines.*

Animé de personnages.

Dessin rehaussé de couleur.

Peut faire pendant au précédent.

Cadres bois doré Louis XVI.

ÉCOLE FRANÇAISE XVIIIe SIÈCLE

66 — *Pastorales.*

Bergères, bergers et troupeaux dans de riants paysages.
Deux jolies gouaches se faisant pendants.
Cadres bois doré Louis XVI.

67 — *Caron de Beaumarchais.*

En buste, de profil.
Dessin.
Cadre doré.

68-69 — *Corbeille de fleurs, vases, guirlandes. Écussons et figures.*

Deux gouaches.
Cadres dorés.

70 — *Figures décoratives.*

Quatre sujets à la sanguine sur une même feuille.
Dessin.

71 — *Jeune femme.*

En buste de profil, costume Louis XVI.
Dessin à la sanguine.

GRAVURES

BEAUVARLET

72 — *Hippolyte de la Jude, Clairon.*

Allégorie.
Gravure en noir.
Cadre doré.

BOILLET (D'après Doublet)

73 — *Lucile.*

Gravure.
Cadre bois doré Louis XVI.

BONNET (D'après Lagrennée)

74-75 — *La tendre union.*

Deux gravures en couleur.

DEBUCOURT

76 — *La Rose mal défendue.*

Gravure en noir.
Cadre bois doré Louis XVI.

CH. DUPUIS (D'après Le Gros)

77 — *Portrait de Nicolas Coustou.*

Gravure en noir.

LARMASSIN (D'après Lien de)

78 — *Portraits de Guillaume Coustou.*

Gravure en noir.

MASSARD (D'après Greuze)

79 — *La Cruche cassée.*

Gravure en noir.
Cadre doré.

MEÇON (D'après Isabey)

80-81 — *L'Impératrice Marie-Louise et Napoléon le Grand.*

Deux gravures avec armoiries en marge.

MULLER (D'après Vigée Lebrun)

82 — *Portrait de Mme Vigée Lebrun.*

Gravure en noir.
Cadre doré.

PETIT (D'après Boilly)

83 — *Tu saurais ma pensée.*

84 — *La leçon d'union conjugale.*

Deux gravures.

REGNAULT (d'après FRAGONARD)

85 — *Le Songe d'amour.*

Gravure en noir.
Cadre doré.

86 — *La Fontaine d'amour.*

Gravure en noir.

RUOTH (d'après SCHALL)

87 — *Le Panier renversé.*

Gravure en noir.

SALVADOR CARMONA (d'après ROSLIN)

88 — *Portrait de François Boucher.*

Gravure en noir.

WOLFF, F.-J. (d'après FOURNIER)

89 — *Le Bouquet accepté.*

« J'aime bien quand vous le posez. »
Gravure en couleur.

ÉCOLE FRANÇAISE

90 — *La Comparaison.*

Gravure en noir.

ÉCOLE FRANÇAISE XVIIIe SIÈCLE

91 — *L'Amant écouté.*

92 — *L'Eventail cassé.*

Deux gravures en couleur.

93 — *La Cage ouverte.*

94 — *Le Chat au gué.*

Deux gravures en couleur.
Cadres bois doré Louis XVI.

95 — *Monseigneur le duc d'Orléans.*

Dans un encadrement avec bas-relief allégorique.
Gravure en couleur.
Cadre doré.

96 — *L'Amour mendiant.*

Gravure en couleur. Avant la lettre.

97 — *Le Jacquet.*

Gravure en couleur.
Se vendait chez DESPEUILLE.

98 — *L'Education du chevalier de Faublas.*

99 — *Déguisement du chevalier de Faublas.*

Deux gravures en couleur.
Se vendaient chez AUBERT.

100 — *L'Amour châtié par sa mère.*

101 — *La Chemise enlevée.*

Deux gravures. Se vendaient chez MASSARD.

SCULPTURES

CHINARD

102 — *Buste d'enfant.*

Représenté la tête légèrement inclinée vers la gauche.
Terre cuite sur socle en bois.
Signé.

Haut. : 0^{m}28. Haut. avec le socle : 0^{m}40.

COYSEVOX

103 — *Apollon et son chien.*

104 — *Hamadryade et enfant.*

Deux groupes en terre cuite. (Les marbres sont dans le jardin des Tuileries).

Elevés sur socles en terre cuite, offrant sur chaque face des trophées et des motifs de chasse.

Groupe, haut. : 1^{m}75. Larg. : 0^{m}70.
Socle, haut. : 1^{m}05. Larg. : 0^{m}95.

PUGET

105 — *Diane chasseresse.*

Dans une attitude pleine de fierté, la déesse debout s'appuie sur une console soutenue par un enfant. Un chien, son arc, son carquois à ses pieds.

Joli groupe en terre cuite, sur socle en bois noir rehaussé d'or.

Larg. : 0^{m}34. Haut. : 0^{m}42.

ECOLE FRANÇAISE XVIIIe SIÈCLE

106 — *Petit Bacchus réveillant son frère endormi, tenant une gourde à la main, assis sur un rocher.*

Beau groupe en pierre du temps de Louis XIV.

Elevé sur un socle de pierre offrant en relief un groupe de dauphins enlaçant un trident et une coquille. Travail de style Louis XIV.

Groupe, larg. : 0^{m}60. Haut. : 1^{m}45.
Larg. totale : 1^{m}05. Haut. totale : 2^{m}85.

107 — *Bustes présumés du maréchal de Turenne et du grand Condé.*

Représentés en costume de guerre.
Terres cuites intéressantes.
Socles en bois noir guilloché.

Haut. : 0^{m}50.

108 — *Amours tenant un écusson au chiffre L. B.*

Important groupe en terre cuite couronné d'oiseaux et adossé à un palmier formant montant de poële.

Larg. de la base : 1^{m}05. Haut. environ : 3 m.

109 — *Prévile.*

Buste en plâtre teinté terre cuite.

Haut. : 0^{m}75.

110 — *Femme du Directoire.*

Buste en plâtre patiné.

Haut. : 0^{m}85.

111-112 — *Le Petit Joueur de flûte et le Petit Joueur de tambourin.*

Deux statuettes de petits faunes dansant. Terres cuites.

Haut. : 1^{m}10.

113 — *Deux vases en pierre.*

Décorés de guirlandes de fleurs reliées à des masques fabuleux. Bordures de la gorge à soleils dans des enroulements. Epoque Louis XVI.

Haut. : 1^{m}55.

ARGENTERIE, BRONZES

114 — Deux flambeaux à bouillotte en argent, décor tors de laurier et feuilles d'eau, à quatre branches de lumières disposées pour l'électricité, accompagnés de leurs mouchettes, éteignoirs, pinces, etc. Epoque Louis XVI.

115 — Belle pendule forme dite violon en vernis de Martin fond orange à guirlandes de fleurs richement ornée de bronzes dorés à feuillages et raisins, flanquée de deux anses à enroulements feuillagés et couronnée par un vase forme rocaille avec bouquets de fleurs. Cadran signé GUÉROULT à Chartres. Epoque Louis XV.

116 — Pendule en vernis de Martin fond vert, décor à fleurs, garnie de rocailles en bronze doré Louis XV, cadran signé PLANCHON. Elle est surmontée d'une figurine de Minerve en bronze doré, postérieure d'époque.

117 — Pendule forme monument en marbre noir et marbre blanc ornée de bronzes dorés, surmontée d'un aigle. Fin XVIIIe siècle.

118 — Pendule forme à contours Louis XV, bois peint en vert ornée de jolis bronzes, rocailles, fleurs et feuillages, cadran signé PLANCHON.

119 — Pendule forme monument rocaille avec mascarons sur les profils, en bois sculpté et doré. Louis XV.

120 — Pendule cage en bois, avec poignée de prise en bronze.

121 — Paire de candélabres à figures de Renommées en bronze portant chacune des bouquets de lumières en bronze doré, socles en marbre rouge. Ier Empire.

122 — Pendule en terre cuite patinée bronze, offrant deux femmes s'embrassant par dessus le mouvement, socle à frise, danse de nymphes. Elle pose sur deux lions couchés. Ier Empire.

123 — Petite pendule en bois sculpté peint et doré à rocailles, oiseaux et écusson. Epoque Louis XV.

124 — Pendule forme monument en bois sculpté et doré, joli modèle du temps de Louis XVI.

125 — Pendule en écaille rouge de l'Inde garnie de de bronzes dorés cadran signé MARKWICK MARKHAM LONDON. XVIIIe siècle.

126 — Tête de femme à bandeaux ondulés. Beau bronze grec. Socle en marbre.

127 — Cartel œil de bœuf en bronze ciselé et doré, bords bleuis étoilés d'or, fin du XVIIIe siècle.

128 — Jardinière en tôle, décor marbré, avec anses à têtes de lions, pieds à griffes en bronze ciselé et doré du Ier Empire.

129 — Deux petites fontaines forme cylindriques en tôle laquée rouge, l'une surmontée d'un buste, l'autre d'une coupe, avec robinet, guirlandes et têtes de bêliers à rehauts d'or. Époque Ier Empire.

PORCELAINES

130 — Soupière ovale en vieux Saxe, décor à bouquets de fleurs, couvercle surmonté d'une figurine d'enfant accroupi, tenant une corne d'abondance.

131 — Grande tasse en vieux Vienne fond jaune, médaillons à bouquets de fleurs, encadrements à rehauts d'or, XVIIIe siècle.

132 — Cassolette en vieux Japon avec couvercle, décor polychrome, par bandes gros bleu et blanches avec fleurs.

133 — Narghilé en vieux Chine famille verte, monture argent et vermeil, XVIIIe siècle.

134 — Aiguière en vieux Chine gros bleu à rehauts d'or, couvercle en argent.

135 — Deux bouquetières avec couvercles en vieux Marseille, décor à paysages avec figures, bordures jaunes imbriquées de rouge. Signés des monogrammes de la veuve Perin.

136 — Paire de vases avec couvercles en porcelaine blanche française, rappelant par leur forme ceux de Sèvres dits de Fontenoy, ornés de médaillons en ressaut et de cordelières en relief. Epoque Louis XVI.

137 — Vase avec couvercle en vieux Vienne, décor bouquets de fleurs, bords à rehauts d'or. XVIIIe siècle.

138 — Vase à deux anses avec couvercle en vieux Vienne, décor truité jaune à rehauts d'or et bouquets de fleurs. XVIIIe siècle.

MEUBLES

139 — Beau lit en bois sculpté et peint en gris, bandeau à rosaces reliées par des entrelacs, avec colonnettes détachées aux extrémités. Epoque Louis XVI.

140 — Console en bois sculpté peint en gris, ornée de guirlandes de lauriers, bandeau à jour, dessus en marbre. Epoque Louis XVI.

141 — Chaise longue à contours en bois sculpté peint en gris, couverte en soierie rayée. Epoque Louis XVI.

142 — Deux bergères même époque couvertes en soierie analogue.

143 — Lit de repos et baldaquin en bois sculpté à gracieux contours, dessin à fleurs et rocailles, garni en damas de soie jaune avec sa tenture en même étoffe. Epoque Louis XV.

144 — Table de nuit en bois peint en blanc et à fleurs. Louis XV.

145 — Chaise longue et deux fauteuils bois sculpté peint en blanc, couverts en étoffe rose. Louis XVI.

146 — Intéressant paravent à cinq feuilles offrant en peinture de charmantes compositions allégoriques à l'Illusion, la Séduction, la Sagesse, la Folie et le Bonheur. Revers à bouquets de fleurs. Epoque Ier Empire.

2700—

147 — Très beau coffre de guerre en fer ciselé, forgé et découpé à jour, offrant sur le devant un ombilic à fleur de lys, des oiseaux et des ornements, sur les côtés et dessus des motifs en haut relief, serrure intéressante. Pièce rare du XVIIIe siècle.

148 — Canapé formant coffre en bois sculpté peint en blanc à ornements, Louis XV, couverture velours d'Utrecht jaune.

149-150 — Deux banquettes en bois sculpté peint en blanc, époque Louis XV, couvertes en velours d'Utrecht jaune.

151 — Deux gaînes en bois sculpté peint en blanc, offrant en bas-relief des écussons et des guirlandes. Style XVIIIe siècle.

152 — Guéridont rond ou table à bouillotte posant sur quatre pieds cannelés en bois d'acajou à filets de cuivre, le dessus en marbre rouge du Languedoc, le second dessus couvert de cuir rouge, bordure dorée au petit fer, avec tablettes et tiroirs. Epoque fin Louis XVI.

580—

153 — Petit bureau plat en bois d'acajou garni de cuivre, avec tablette de côté. Epoque fin Louis XVI.

154-155 — Deux encoignures ouvrant à deux portes en bois de palissandre, forme cintrée, sabots et entrées de serrure en bronze à rocailles. Dessus en marbre gris veiné. Epoque Louis XV.

156 — Jolie console en bois sculpté et doré, à élégants contours feuillagés, bandeau à rocailles avec vases à deux anses sur le motif reliant les pieds. Dessus en marbre brèche d'Alep Epoque Louis XV.

157 — Jolie commode à deux tiroirs de forme très bombée en marqueterie de bois de luxe, garnie de chutes prolongées, de sabots, d'appliques, d'entrées de serrures et de poignées en bronze ciselé à rocailles fleuries, dessus en marbre gris clair, à doucine suivant les gracieux contours du meuble. Epoque Louis XV.

158 — Piano mi-queue en bois sculpté peint en blanc, encadrements à guirlandes de fleurs et ornements. Pieds tors et feuillagés. Style Louis XVI.

159 — Table tricoteuse à étagères forme bateau en bois d'acajou orné de bronzes. Epoque Ier Empire.

160 — Guéridon-support en bois d'acajou. Dessus et tablette d'entrejambe en marbre blanc, galerie ajourée en cuivre. Epoque Ier Empire.

161 — Console en bois d'acajou avec dessus en marbre rouge et galerie de cuivre. Epoque Louis XVI.

162 — Petit canapé en bois sculpté peint en gris, dessin à rubans enroulés d'époque Louis XVI, cou-

vert en lampas vert bouquets, guirlandes et médaillons en grisaille.

163-166 — Quatre fauteuils du temps de Louis XVI, de différentes formes en bois sculpté peint en gris, deux foncés de canne, avec coussins, deux couverts en soierie.

167 — Tabouret carré en bois sculpté peint en gris du temps de Louis XVI, couvert en velours.

168 — Clavecin en bois d'acajou à filets de bois de rose, d'ERARD frères et Cie 1797, forme rectangulaire, pieds cannelés.

169 — Commode en marqueterie de racine de bois de luxe ouvrant à deux tiroirs, ornée sur le devant d'un médaillon à trophée de carquois et d'arc. Dessus en marbre gris. Epoque Louis XVI.

170 — Fauteuil bois sculpté peint en gris, foncé de canne. Epoque Louis XVI.

171 — Bergère en bois sculpté peint en gris. Epoque Louis XV couverte en soierie rose à grands bouquets.

172 — Commode à deux rangées de tiroirs en palissandre ornée de bronzes, rocailles fleuries, dessus de marbre. Epoque Louis XV.

173 — Grande bibliothèque à deux portes partie treillagées, en bois sculpté à rocailles, peinte en blanc. Epoque Louis XV.

174 — Grande bibliothèque semblable à la précédente. Style Louis XV.

175 — Canapé en bois sculpté, fronton à fleurs peint en gris, foncé de canne, Louis XV, avec coussins de dos et de siège, fond rose à grands bouquets de fleurs.

176 — Beau billard en acajou et citronnier supporté par d'énormes griffes et orné aux angles de grosses têtes de lions en bronze doré. Ier Empire. A été amélioré par la maison Saint-Martin et Palisson.

177 — Baromètre en bois sculpté et doré, fronton avec aigle et laurier. Fin XVIIIe siècle.

178 — Huit chaises en bois d'acajou et citronnier, dossiers cintrés, couvertes au lampas vert, dessin clair à couronnes et rosaces. Ier Empire.

179 — Dessus de billard en même lampas.

180 — Banquette à haut dossier couverte en même lampas.

181 — Trois paires de rideaux en même lampas.

182 — Six porte-embrasses en bronze doré. Ier Empire.

183 — Bahut à hauteur d'appui ouvrant à une porte en bois d'acajou et citronnier flanqué de colonnettes, orné de figures d'appliques, de mascaron et char de triomphe en bronze ciselé et doré, dessus en marbre jaune de Sienne. Ier Empire.

184 — Support rond à étagère en acajou orné de bronzes, tablettes en marbre blanc. Ier Empire.

TAPIS D'ORIENT

185 — Magnifique tapis de Smyrne, fond rouge décor à vases de fleurs et entrelacs de fleurs et de feuillages, bordure fond gros bleu, dessin polychrome

Long. : 7m. Larg. : 4m53.

186-187 — Deux tapis chemins d'Orient fond rouge à petit dessin, bords fond gros bleu.

188 — Tapis de Smyrne fond bleu à fleurs avec médaillons losanges fond blanc et bleu, bordure rouge à dessin polychrome.

Long. : 4m40. Larg. : 3m60.

189 — Dessus de clavecin en soie crème brochée à fleurs. XVIIIe siècle.

190 — Grand tapis persan pour salon fond rouge à petits dessins polychrome.

191 — Grande et belle carpette ancienne de Perse fond bleu à petits dessins, bordure fond clair.

192 — Joli tapis ancien d'Orient fond rouge, tissu velouté à reflets, dessins bleu et blanc.

193 — Beau tapis ancien d'Orient fond rouge, grand dessins polychrome, bordure fond jaune.

194 — Objets omis.

www.ingramcontent.com/pod-product-compliance
Ingram Content Group UK Ltd.
Pitfield, Milton Keynes, MK11 3LW, UK
UKHW021117290826
14628UKWH00014B/2605

9 782329 445939